I0630463

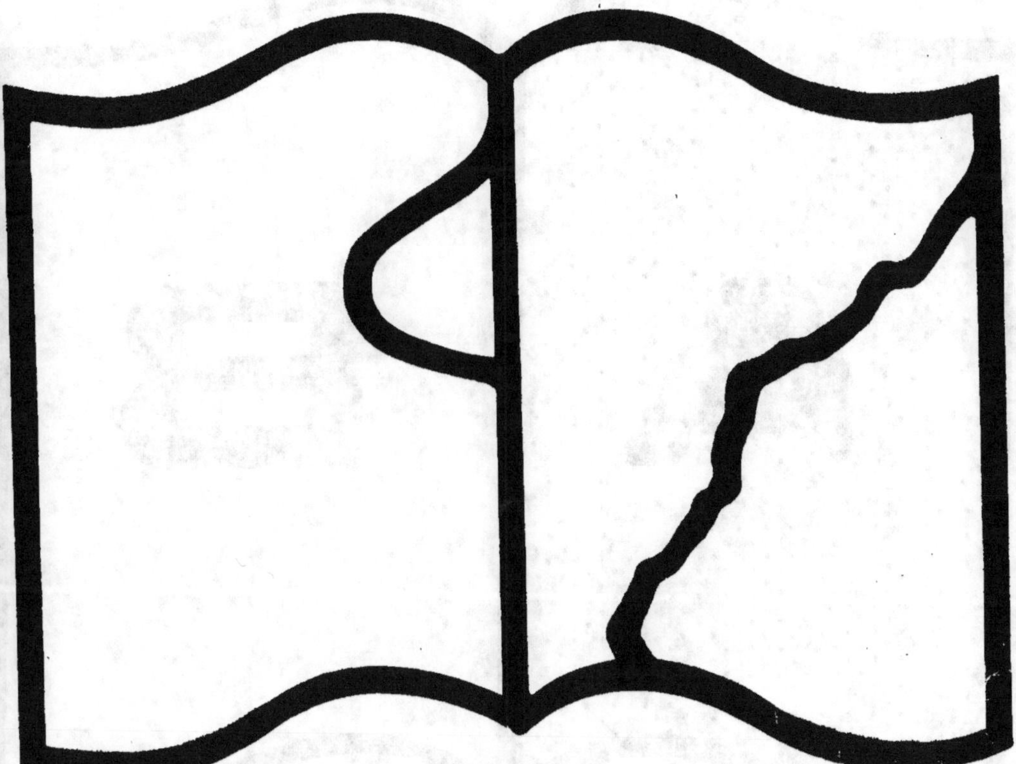

Texte détérioré — reliure défectueuse

NF Z 43-120-11

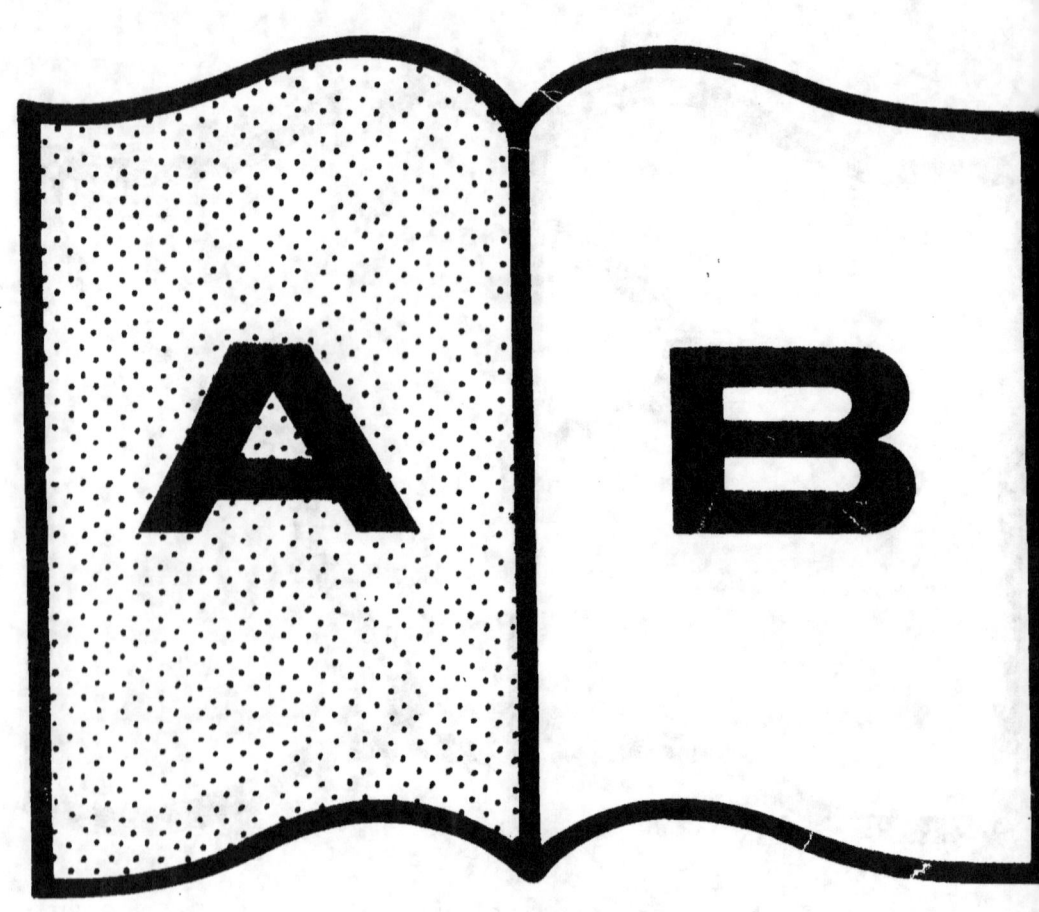

Contraste insuffisant

NF Z 43-120-14

INVENTAIRE

Y^2 37.866

glais et de l'espagnol, par Pagès;
2 vol. *in*-12, fig.   3 l.

Sancta-Maria, ou la Gros-
sesse mystérieuse, traduit de l'anglais de Fox, par Mme. Dufrenoy;
2 vol. *in*-12, jolies fig.   3 l.

Théodore Cyphon, et le Juif
bienfaisant, par George Walker,
auteur de Cinthélia, traduit par
Lebas; 2 vol. *in*-12, fig.   3 l.

Les Dangers de l'Intrigue,
par J. de Lavallée, auteur du
Nègre comme il y a peu de Blancs,
de Cécile, fille d'Achmet III, etc.;
4 vol. *in*-12, fig.   6 l.

Juliéai, ou le Triomphe de la
Vérité sur l'Erreur; 2 vol. *in*-12,
fig.   3 l.

Antoine, ou le Crime et le
Remords, par le cit. P. L. Lebas;
2 vol. *in*-12, fig.   3 l.

Emilie et Alphonse, ou le
Danger de se livrer à ses premières

R 248 193

MALTIDE,

OU

LA FORÊT

PÉRILLEUSE.

Le furieux Césaldy succomba noyé dans son sang.

Chasselat Del.   Bovinet Sculp.

MALTIDE,

OU

LA FORÊT

PÉRILLEUSE.

Par J. A. GARDY.

TROISIÈME ÉDITION.

A PARIS,

Chez LEMARCHAND, Libraire, ci-devant
rue du Harlay, *actuellement* place de
l'Ecole, n.° 1, vis-à-vis le café Manoury.

AN IX.

37866

UN MOT

EN FORME DE PRÉFACE

Je n'imiterai point ces auteurs qui, pour couvrir leurs défauts ou fermer la bouche aux censeurs, se servent quelquefois d'une ruse qui, toute grossière qu'elle est, ne laisse pas que d'être crue par beaucoup de monde. J'ai passé une nuit, disent les uns, à composer cet ouvrage ; le mien, dit un autre, a été fait

a

en moins d'un jour, sans ra-
turer la plus petite des choses:
que le Public ajoute foi à ces
aveux ou non, l'auteur n'en
peut rien savoir. D'ailleurs,
si l'ouvrage est bon, qu'il
plaise au lecteur, il lui importe peu de savoir qu'il a été
fait dans un jour ou dans un
mois; si au contraire il se
trouve mauvais, cela ne sert
point d'excuse à celui qui l'a
fait.

Je suis très-éloigné de faire
ici une application générale;
je connois certains auteurs
estimables, dont la verve

fournit en un moment plus de matière éloquente que ne feroient d'autres en un siècle de temps. Ceux-là sont véridiques, lorsque dans leur préface ils mettent le Public dans leur confidence.

Je n'aurai point l'orgueil d'établir entr'eux et moi aucune comparaison ; je sais me connoître, et me rends justice. (Chacun devroit avoir cette qualité, c'est la première de toutes.)

Je veux seulement rendre hommage à la vérité : je crois en dire une bien grande, en disant que cette nouvelle, roman ou histoire, tout ce qu'on voudra, n'importe, ne m'a coûté ni peines, ni longues veilles à composer : par la lecture on peut s'assurer de ce que j'avance.

Nil discendum reliquerunt majores....

J'aurois voulu passer, en tête de cet ouvrage, mon nom en blanc ; mais un motif des plus puissans m'a engagé à le lui mettre en long et en large ; il a fallu une garantie à mon libraire. Si le Public, disoit-il, trouve votre livre mauvais,

c'est à vous qu'en est réservée
là honte, et non à moi; c'est
pour cela que je vous prie de
vous faire connoître : je ne
pouvois lui offrir une meilleure
caution à son dire. Eh bien,
puisque cela vous contente,
lui ai-je répondu, pour vous
obliger, je vais me nommer,
à mon grand regret, et je l'ai
fait.

Mais je m'oublie!... un mot
devoit suffire, et j'en ai déjà
dit mille. Définitivement, et
pour être laconique, il ne me
reste plus qu'à inviter le lecteur à se munir d'indulgence

pour la prodiguer en faveur d'un jeune homme qui ne prétend point prendre le titre honorable d'auteur, mais qui fait espérer qu'un jour il sortira une production nouvelle de son cerveau, peu fécond encore, et qu'il pourra alors, sans hésitation comme sans crainte, se nommer, et mettre sur le frontispice de son ouvrage : Par J. A. GARDY.

MALTIDE,

OU

LA FORÊT PÉRILLEUSE.

Le soleil commençoit à dorer
la cîme des côteaux, le chant
joyeux des paysans, qui s'en vont
reprendre le travail de la veille,
faisoit retentir les échos d'alen-
tour ; la jeune villageoise, au cor-
set de bure, à la taille agreste,
vêtue négligemment, paroissoit
sur le sommet d'une colline,
allant porter à la prochaine ville
les productions de la campagne :
Partie I.

tout enfin s'agitoit dans la nature et suivoit de près le retour de
l'aurore. Le château d'Urbany et
les gens qni l'habitoient, étoient
seuls plongés dans un profond sommeil : sans doute les veilles tumul-
tueuses d'une foule de désœuvrés,
le jeu qui les occupoit pendant la
moitié de la nuit, étoient cause
de cette mollesse connue par une
certaine classe de gens aisés.
A l'exemple de leurs maîtres, la
valetaille se trouvoit plongée dans
les bras de Morphée, quand,
depuis long-temps, le dieu Phœbus
avoit paru aux yeux de tous les
mortels.

    La malheureuse Maltide, li-
vrée aux tristes réflexions qu'é-
prouve une fille infortunée dès ses

plus tendres ans, elle seule avoit
précédé le point du jour. Acoudée
sur le parapet de la terrasse qui
communiquoit à son appartement,
elle contemploit avec un serrement
de cœur les beautés de la nature;
et, tout en pensant au triste avenir
qui se préparoit pour elle, on eût
dit que si elle avoit le courage de
l'affronter, c'étoit pour suivre les
volontés de ses parens. Dés sanglots
l'étouffoient de temps à autre; si elle
articuloit quelques mots entrecou-
pés, ils étoient souvent interrompus par l'écoulement rapide des
larmes qui baignoient ses deux
beaux yeux.

Je vais quitter ces lieux, se di-
soit-elle, les abandonner peut-être
pour ne les revoir jamais; et ce,

pour aller gémir au fond d'un cloître solitaire. Ah! sans doute je ne
tarderai pas à y déposer ma dé-
pouille mortelle; c'est-là où mes
tourmens finiront. Et toi, Alfred!
tu ignores mes malheurs, j'en suis
sûre! si tu les connoissois, tu cher-
cherois à les détourner de dessus
ma tête.... Pères barbares! qui
n'écoutez que l'ambition et un vain
nom, quand cesserez-vous d'être
les bourreaux de vos enfans? C'est
aujourd'hui que, conduite dans
une terre étrangère par un père...
un père...il ne l'est pas; s'il l'étoit,
méconnoîtroit-il sa propre fille?
chercheroit-il à l'immoler à l'ad-
versité? il ne pourrait desirer sa
mort. Un vrai père auroit consulté
le cœur de son enfant, l'auroit

écouté : lui, au contraire, a mé-
prisé mes larmes, s'est fait un jeu
de mes chagrins, et ce mot (celui
d'un tyran) *je veux être obéi*, m'a
entièrement fermé la bouche. C'en
est fait, il ne me reste plus qu'à
mourir. Si du moins mon amant
savoit... Tout en disant ces mots,
elle entendit une voix l'appeler.
Sa surprise chassa de son idée les
lugubres réflexions qu'elle venoit
de faire. La même voix l'ayant ap-
pelée une seconde fois, elle la reconnut pour être celle d'Alfred :
elle ne tarda pas à se convaincre
de la vérité de son doute, quand
elle apperçut son amant au haut
d'un arbre voisin, et de la même
élévation de la terrasse. La crainte
qu'on l'apperçût en cette attitude

lui fit jeter un cri. Alfred lui fai-
sant signe de se rassurer, lui apprit
qu'il étoit instruit de son départ, et
les moyens qu'il avoit concertés,
avec lui-même, pour l'affranchir
de cette affreuse violence : enfin,
comme les gens du château com-
mençoient à aller et venir, la peur
qu'on ne l'entendît, le fit diligem-
ment descendre de l'arbre, en fai-
sant signe à Maltide, qu'aussi-tôt
au bas, il allait lui faire parvenir
un billet qui contenoit son projet : en effet, après l'avoir sorti
de sa poche, il l'attacha à une
pierre et l'envoya ainsi sur la
terrasse, où Maltide le reçut,
avec grande impatience de savoir
ce qu'il pouvait contenir. Elle fit
un tendre adieu à Alfred, qui
s'éloigna

s'éloigna avec la précipitation de l'éclair. Maltide chercha à pénétrer le motif de cette fuite précipitée ; elle l'eut bientôt devinée, quand elle vit à très-peu de distance où se trouvoit son amant, le jardinier du château qui, sans doute, venoit commencer son ouvrage, accompagné de deux garçons. Elle reconnut la prudence d'Alfred à cette vue, et la loua intérieurement. Ce qu'elle eut de plus empressé à faire dans ce moment, ce fut de lire le papier qu'elle possédoit. Elle entre dans son appartement, et après s'être assurée si personne ne pouvoit l'interrompre, elle ouvre le billet et lit :

« Ma chère Maltide, ce n'est

Partie I. B

» que d'hier au matin que j'ai
» appris votre affreuse position
» et le dessein que votre père
» avoit conçu de vous amener
» aujourd'hui même en France,
» pour vous y laisser dans un
» couvent. Vous devez penser si
» cette terrible nouvelle fut un
» coup de foudre pour moi ; l'idée
» de vous perdre m'a fait tout
» entreprendre. J'ai formé un
» projet ; je vous prie d'y sous-
» crire. Votre père, un postillon
» seulement, doivent vous con-
» duire en route dans une chaise
» de poste. Moi et plusieurs gens
» qui me sont affidés, nous vous
» attendrons sur le chemin de
» Naples, aux Signaux-Blancs,
» à l'entrée d'un petit bois. Ce

» sera à la nuit tombante que
» vous arriverez en cet endroit ;
» nous sauterons sur la voiture ,
» et sans nulle violence envers
» votre père et le conducteur ,
» vous serez à jamais rendue à
» celui qui est à vous pour la
» vie.

» ALFRED. »

On devine aisément l'impression que fit la lecture de ce billet sur l'esprit de Maltide. Inter-
dite , indécise si elle désobéiroit
à son père ou à son amant, elle
ne savoit que résoudre : dans cette
affreuse incertitude , elle se par-
tageoit entre deux passions , et
opposées l'une de l'autre. Si je
me rends fille rebelle , mon père
vindicatif ne tardera pas à s'en

B 2

venger; si je résiste aux supplications de mon amant, lui et
moi serons séparés et malheureux toute notre vie. Voilà ce
qu'elle se répétoit à tout moment.
Elle luttoit encore contre mille
idées différentes, qui venoient tour-
à-tour s'offrir à son esprit, quand
elle fut tirée de sa rêverie par le
bruit qu'elle entendit d'une voiture dans la cour du château.
Au même instant, on frappe à sa
porte : les forces faillirent lui
manquer, en pensant qu'elle alloit
partir. Enfin elle ouvre, le seigneur Urbany, son père, paroît ;
et avec cette tendresse qu'il savoit si bien feindre, il s'approche
d'elle, et lui prenant la main : Ma
fille, lui dit-il, voici le moment

de faire ses adieux, nous allons partir. Quoi! mon père, déjà? répond Maltide toute tremblante. Oui, ma fille, continua le seigneur Urbany; venez embrasser votre belle-mère, mon épouse, et nous allons nous mettre en route.

Aussi-tôt plusieurs domestiques entrent dans l'appartement; le comte leur ordonne de transporter dans la chaise les paquets et les coffres que Maltide désigne à chacun d'eux. Ce triste ouvrage achevé, ils sortent tous de l'appartement; Maltide donnant la main à son père, ils traversent plusieurs pièces qui, rappelant à cette dernière des jours heureux de son enfance, ne laissoient pas que d'attrister son ame; elle exami-

B 3

noit avec une sorte de terreur ces
lieux qu'elle alloit quitter pour
ne revoir peut-être de la vie ;
des objets qui jusqu'alors n'a-
voient point excité son attention,
la frappoient et l'attristoient. Un
serin qu'elle avoit élevé elle-même
et qui se trouvoit dans l'appartement de sa belle-mère, ne ces-
soit de répéter son nom, comme
pour lui dire adieu. Il n'y a pas
même jusqu'à ces bêtes domestiques, qu'on garde par plaisir
ou par besoin, qui ne fussent à
ses trousses. Il sembloit que ces
pauvres animaux devinoient que
leur bienfaitrice alloit les quitter.

Sa belle-mère sortoit de sa toi-
lette au moment que Maltide
l'aborda. Une joie concentrée

qu'on remarquoit sur les traits de
cette marâtre féroce, perçoit à travers les airs de tristesse dont elle
vouloit s'affubler, seulement pour
la forme. Après avoir embrassé à
plusieurs reprises Maltide, en la
nommant sa chère fille, elle lui
adressa ces paroles :

« Vous allez, mon enfant, entrer dans un nouveau monde.
Soyez, parmi vos compagnes,
douce et réservée : dans cette sainte
maison, exempte des vices qu'en-
fante le tourbillon du monde, vous
trouverez le vrai bonheur et le repos de l'ame. Vous recevrez des
nouvelles de votre père et des
miennes de temps en temps; mais
je vous le répète, si vous voulez
vous attirer la bienveillance de

ceux qui vous entoureront, et de
nous les premiers, ce sera en vous
résignant entièrement à Dieu : sur-
tout, j'espère que vous chasserez
bientôt loin de vous ce sombre
chagrin qui vous deviendroit funeste, et altéreroit vos beaux jours.
Vous n'aurez pas dans votre retraite, j'en conviens, tous ces plai-
sirs bruyans qui se trouvent dans
ce grand concours de sociétés, qui
sont dangereuses pour la plupart;
mais vous y trouverez cette tran-
quillité, cette satisfaction de soi-
même, qui fait tout le bonheur des
recluses vouées au service de
Dieu. »

Ce petit sermon terminé, et
après tous les épanchemens d'une
fausse douleur du côté de la belle-

mère, Maltide et son père alloient
prendre congé d'elle, et se dispo-
sen à partir, quand un évènement inattendu suspendit pour un
moment son départ.

Le comte Urbany avoit épousé,
en secondes noces, la marquise
de Césaldy; du premier mariage
de celle-ci, il lui étoit resté un
fils : ce fils, nommé le marquis
de Césaldy, étoit entré fort jeune
au service militaire du roi de
Naples; et de même que ses
aïeux, il devait un jour s'illus-
trer par ses hauts-faits. La marquise avoit un foible particulier
pour son fils, et c'étoit la tendresse et l'affection continuelles
qu'elle lui portoit, qui étoient
les premières causes des malheurs

de Maltide : elle avoit pris cette dernière tellement en haine, que ce n'étoit qu'à ses grandes sollicitations que le comte, son mari, avoit consenti à mettre une barrière éternelle entre sa fille et lui. Par ce moyen, elle prétendoit pouvoir porter envers le jeune Césaldy toutes les richesses et les grandeurs des deux maisons.

Au moment que la marquise faisoit ses adieux à Maltide, on vint annoncer l'arrivée du marquis de Césaldy. On s'imaginera facilement quelle fut la surprise de ses parens, en entendant prononcer cette nouvelle et cette arrivée si subite ; ils n'eurent pas le temps de réfléchir à

ce qui pouvoit l'occasionner, que
le jeune marquis se précipitant
dans l'appartement de sa mère,
et la serrant contre lui avec toutes
les marques d'une amitié filiale,
il sembloit lui prouver sa recon-
noissance; et s'étant tourné affec-
tueusement vers Maltide, qu'il
n'avoit vu que fort jeune, il lui
baisa tendrement la main. Vous
êtes étonnés, leur dit-il, de me
voir arriver si brusquement; vous
en serez moins surpris quand
vous saurez la commission honorable dont m'a chargé sa majesté.
Je suis nommé par elle, pour
traiter avec les deux partis, qui,
sans cesse se déchirant entr'eux,
jettent la consternation dans plusieurs de nos contrées; si je par-

viens par mon ministère à les
reconcilier ensemble, un des plus
hauts grades m'attend, et sera
la récompense qui m'est destinée. Puis se tournant vers le
comte, en voyant Maltide affli-
gée, il lui en demanda le motif.
Après plusieurs hésitations de part
et d'autre, on fût obligé de l'ins-
truire. Eh quoi ! répondit-il, vous
voulez vous séparer de votre enfant ; vous voulez la confiner dans
un cloître où, chaque jour mau-
dissant son existence et peut-être
ses parens.... A ces mots le comte
lui ferma la bouche, en lui disant que c'étoit ainsi sa volonté,
et qu'elle s'y étoit soumise depuis
long-temps. Si Césaldy avoit fixé
attentivement Maltide, il auroit
apperçu

apperçu à travers de ses traits un
démenti formel au discours de son
père ; mais préoccupé singuliè-
rement, frappé même de la vue
qu'avoient produit en lui les attraits
séduisans de la belle Maltide,
enfin dans un délire qu'on ne
pouvoit attribuer qu'à l'amour,
il ne voyoit, n'entendoit rien autour de lui, qu'une voix qui, re-
tentissante du fond de son cœur,
lui crioit d'arracher Maltide à ses
barbares persécuteurs.

Le marquis de Césaldy, jusqu'à ce moment, avoit été insen-
sible au pouvoir de l'amour ; il
n'avoit connu de ce dieu que le
nom. Dans son état militaire, pas-
sablement libertin, il avoit passé
une partie de ses beaux jours

Partie I.   C

dans ces passions viles, telles que
le jeu, la débauche, la prosti-
tution; les mauvaises compagnies
qu'il avoit fréquentées, auroient
dû sans doute fermer son cœur
à tout sentiment d'humanité;
mais non! autant il étoit libertin
passionné, autant il étoit suscep-
tible de plusieurs actes de bonté:
il était humain, généreux, et les
meilleures qualités d'un honnête
homme n'y étoient point du tout
étrangères. Si sa timidité envers
ses parens n'avoit point été plus
forte que la passion qui subjuguoit en ce moment son cœur,
il se seroit jeté à ses pieds, auroit intercédé pour la liberté de
Maltide, en demandant le don de
sa main; mais il trembloit, par

cette prière qui auroit peut-être
été rejetée, de mettre une sé-
paration encore plus forte entre
Maltide et lui; il se décida seulement à attendre le moment favorable pour s'emparer d'un tré-
sor qu'il croyait lui appartenir :
il ne se doutoit seulement pas
que Maltide avoit disposé de son
cœur, et qu'il ne lui appartenoit
plus. Plein d'une entière confiance, il se livra à l'espoir que
Maltide, au contraire, se trouve-
roit très-honorée de sa recherche.
Ces idées prirent sur son imagination un si fort empire, qu'il
ne lui fut plus possible d'y résister.

Le comte et sa fille devoient déjeûner en route ; mais l'arrivée

imprévue de Césaldy dérangea
ce projet. Après que ce dernier
eut obtenu la permission de les
accompagner jusqu'à une certaine
distance du château (se promet-
tant intérieurement par ce moyen
de faire entrer, en route, Maltide
dans ses intérêts), il fut convenu
qu'ils déjeûneroient avant que de
partir ; ce qu'ils firent aussi-tôt.

Alfred, qui ignoroit entièrement l'arrivée du fils de la marquise, s'étoit mis en route avec
son domestique Piétra, et avec
les gens dont il avoit parlé dans
son billet, et les voilà allant droit
aux Signaux-Blancs, lieu où ils
devoient attendre le passage de
la voiture. Ils y arrivèrent sur
les cinq heures du soir ; il étoit

encore grand jour : le train dont
ils avoient fait marcher leurs chevaux, les mit à même d'attendre
tranquillement trois ou quatre
heures ; outre qu'ils ne s'étoient
point arrêtés un seul instant pour
prendre de la nourriture, ce qui
les obligea de chercher un endroit favorable pour faire halte,
en attendant les voyageurs avec
moins d'impatience. Ils s'enfon-
cèrent dans un petit taillis, au-
quel la fraîcheur et l'ombrage
que donnoient les arbres, les dé-
lassoit un peu de leurs fatigues :
après avoir attaché leurs chevaux,
ils s'assirent sur un tapis de ga-
zon, que la nature sembloit avoir
formé tout exprès pour eux.

Piétra délia, et sortit des ha-

vresacs les provisions dont il s'étoit
muni, et se vanta d'y faire honneur ; car l'appétit l'avoit ga-
gné le long du chemin. Il n'y
eut qu'Alfred qui ne put manger, ayant toujours en tête l'expédition qu'ils alloient entreprendre.

Au moindre bruit qu'ils
croyoient entendre, ils étoient
sur pied ; et ce n'étoit qu'après
s'être assurés si c'étoit la voiture
qui conduisoit Maltide, qu'ils
étoient totalement rassurés.

Le jour commençoit à baisser,
et l'objet de leur attente n'avoit
point encore paru. Mille idées
différentes se combattoient dans
l'esprit d'Alfred. S'ils avoient
pris une autre route, disoit-il,

où s'ils n'étoient point encore partis. Sa crainte étoit au dernier
période, lorsqu'ils entendirent le
bruit d'une voiture dans l'éloi-
gnement ; ils ne doutèrent point
que ce ne fût celle qu'ils atten-
doient.

Alfred fit préparer tous ses
gens ; il leur ordonna de mettre
les masques qu'il leur avoit dis-
tribués ; et pour n'être point re-
connu, lui-même s'en étoit muni
d'un.

Le bruit de la voiture alloit
toujours en augmentant ; mais les
arbres ou le chemin qui tournoit
autour d'un rocher, ne lui per-
mettoient pas de la distinguer.
Tout-à-coup elle parut à ses yeux ;
c'était une chaise de poste qui

ressembloit si fort à celle du comte,
qu'Alfred lui-même y fut trompé.
Deux de ses gens sautèrent à la
bride des chevaux ; et, après avoir
enjoint au postillon de descendre, ils entourèrent la voiture :
mais quel fut l'étonnement d'Alfred, quand, après avoir examiné les personnes qu'elle contenoit, il vit qu'ils avoient commis une erreur bien grande ; il
rassura les voyageurs, et leur laissa
continuer leur route.

Le crépuscule de la nuit commençoit à s'étendre sur la surface de la terre ; le ciel, couvert
par d'épais nuages, rendoit l'obscurité si profonde, qu'on pouvoit
à peine découvrir un homme à
dix pas de soi : cette position de-

venoit d'autant plus pénible pour
Alfred, qu'elle lui ôtoit même
l'espoir de mettre en exécution
son audacieux projet; il ne savoit que penser du retard du
comte; il avoit vu la voiture dans
la cour du château, prête à les
recevoir; il avoit été témoin quand
on l'avoit chargée des effets et
instrumens de musique de Maltide, et il ne la voyoit point venir, ce qui doubloit son inquiétude; Piétra lui-même, ne savoit
qu'en dire. Enfin Alfred se per-
doit dans de vagues conjonctures
et de vaines suppositions, quand
un trait de lumière, qui étoit fondé
réellement, entra dans son esprit. Il s'adressa ainsi à ceux qui
l'entouroient :

« Après la bévue que nous venons de commettre, il seroit im-
prudent de rester ici davantage :
les voyageurs que nous avons arrêtés pourroient, au premier village qui n'est pas très-éloigné,
former une plainte, raconter l'évènement de leur arrestation, et
l'on viendroit peut-être nous rendre à nous la pareille : d'ailleurs,
j'ai dans l'idée que quelque chose
ayant empêché le comte Urbany
de se mettre en route tout de
suite, ils seront partis un peu
tard, et obligés par conséquent à
s'arrêter au village que nous avons
passé, pour y trouver un gîte
pour cette nuit ; ainsi toute ré-
flexion faite, il faut y porter nos
pas sur-le-champ : nous pren-

drons des informations dans toutes
les auberges ; et s'ils se sont
arrêtés dans quelqu'une d'elles,
je verrai quel moyen il me reste
à mettre en usage pour me réunir
à ma chère Maltide. »

Ayant détaché leurs chevaux,
ils montèrent dessus et reprirent
le chemin par où ils étoient venus, et dans peu ils arrivèrent
au village où le comte, Maltide et Césaldy avoient été obligés de passer la nuit, vu qu'ils
étoient partis fort tard du château.

Le premier soin d'Alfred fut
de s'informer, d'une auberge à
l'autre, si les étrangers qu'il dé-
signoit y étoient. Il ne tarda pas
à apprendre des nouvelles satis-

faisantes. Piétra qui l'avoit quitté pour faire de son côté des recherches, revint vers lui, tout rayonnant de joie, et lui apprit qu'il avoit vu lui-même Maltide.

Alfred, transporté à cette nouvelle, lui demanda où et comment.

Après avoir parcouru (lui répondit Piétra) tous les endroits où on loge dans ce village, et n'ayant rien su de positif, j'étois déjà fort découragé et je m'en allois revenir vous rejoindre, quand j'ai passé devant une auberge que je n'avais pas remarquée auparavant : une salle par bas, dont les reflets de lumière donnoient dans la rue, a frappé ma vue ; je m'approche des croisées.

A

A travers les carreaux, qu'apper-
çois-je ?.... une table de plusieurs
personnes, dressée, parmi les-
quelles je distingue Maltide à côté
du comte son père.

Alfred courut s'assurer par lui-
même de la vérité. Dès qu'il fut
convaincu de la réalité du fait, il
entre avec son domestique dans
cette auberge, demande une chambre à l'hôte, l'obtient ; et aussi-tôt
qu'il s'y trouve renfermé , ce qu'il
eut de mieux à faire , ce fut d'écrire
un mot à Maltidé , dont Piétra
se chargeoit de le lui faire tenir,
ce qui lui étoit très - facile , car
il étoit absolument inconnu au
comte.

Alfred prend donc la plume, et
lui écrit en ces termes :

Partie I.   **D**

« Le plus grand des hazards me
» fait, chère Maltide, vous ren-
» contrer ici. Ce n'a été qu'après
» vous avoir attendu un temps
» infini à l'entrée du petit bois,
» que je l'ai abandonné pour vous
» retrouver dans une auberge, où
» la bienveillance d'un serviteur
» zélé vous a découvert.

» Daignez donc, en me tirant
» d'inquiétude, me tracer la mar-
» che que nous avons à suivre,
» pour vous enlever de cette mai-
» son même, et des bras de vos ty-
» rans. Confiez-vous sans crainte à
» ma vigilnce ; celui à qui vous
» attacherez votre sort est un âman.
» tendre, un époux fidèle que vous
» allez suivre, et qui ose se flatter
» qu'il fera votre bonheur. Veuillez

» bien en croire ici le serment qu'il
» vous a répété mille fois.

    » Tâchez de me faire tenir au
» plutôt votre réponse. »

    Alfred ayant terminé ce mot
de lettre, le remit à Piétra, en lui
enjoignant de le glisser de suite à
Maltide, et de guetter à cet effet
un moment favorable qu'il ne se-
rait vu de personne. Piétra promit
à son maître de s'acquitter entièrement de sa commission; et sans
attendre davantage, il vole droit
à la salle où Maltide soupoit; ils
sortoient précisément de table.
Au moment que la compagnie tra-
versoit un petit corridor obscur,
Piétra accroche la main de Maltide, et lui met le billet dedans:
celle-ci comprit de suite d'où lui

provenoit ce message... Mais, ô malheur imprévu !... Césaldy, qui ne levoit point ses yeux de dessus Maltide, s'apperçut du billet qu'on lui avait glissé, et se promit d'éclaircir ce mystère, et de découvrir le téméraire qui osoit jeter les yeux sur la personne pour laquelle tendoient tous ses vœux.

Enfin, Maltide, qui brûloit d'impatience de saisir le moment où elle pourrait faire la lecture de ce billet, ne tarda pas à se défaire de son père et de Césaldy.

Elle demanda à se retirer dans sa chambre, qu'elle se trouvoit avoir besoin de repos. Le comte, disposé aussi à se reposer, donna des ordres pour partir de bon matin, et fut se coucher sans autre

cérémonie. Il n'en fut pas de même
de notre argus Césaldy; il jura
qu'il passeroit la nuit à épier l'instant où il pourrait mettre Maltide
dans sa confidence, et lui déclarer son violent amour : cela ne
lui paroissoit pas bien difficile ;
mais ce qui l'offusquoit le plus,
c'étoit cette correspondance secrète qu'il avoit vu qu'on adressoit à Maltide, et qu'elle paroissoit recevoir avec plaisir ; c'étoit
là ce qui lui tenoit le plus à cœur,
et dont il se flattoit de démêler
l'intrigue.

La chambre que Maltide devoit occuper pour cette nuit, étoit
située au premier étage, sur le
derrière du corps-de-logis, et donnant sur un petit jardin où l'on

D 3

ne pouvoit entrer qu'en franchis-
sant les murs. Elle s'y étoit retirée ; et après avoir lu le billet et
examiné l'endroit où elle se trouvoit, la position de sa chambre,
elle écrivit avec un crayon qu'elle
possédoit, ces deux mots à Alfred :

« Depuis que mes parens ont
» été assez barbares pour con-
» traindre mon inclination, en
» voulant me faire descendre au
» tombeau, vivante, mon cœur
» m'a fait une douce loi de suivre,
» cher Alfred, vos conseils, et
» d'accepter vos secours. Aujour-
» d'hui ces secours me sont offerts,
» une fausse délicatesse ne me les
» fera pas refuser. Il nous reste
» assez de richesses pour braver la
» misère ; et puis, quand je serois

» moins riche, mon amant ne me
» tient-il pas lieu de tout ?.... Mais
» j'oublie que les momens sont
» précieux, et que nous devons
» en profiter. Il n'y a d'autre issue
» pour sortir de cette maison, que
» par le petit jardin de derrière.
» Dans deux heures tout le monde
» sera plongé dans un profond
» sommeil ; à l'aide d'une échelle,
» vous entrerez dans le jardin ;
» je serai à ma fenêtre ; j'en des-
» cendrai par le moyen de la même
» échelle, et nous aurons bientôt
» abandonné ces lieux. »

Cette lettre achevée, il falloit
la faire parvenir ; c'était assez
difficile. Enfin, le desir de s'affranchir d'un éternel esclavage, donna
de la force dans ce moment à

Maltide : Déterminée... elle ouvre
la porte de sa chambre, court droit
à la cuisine de l'auberge, rencontre, par un bonheur bien grand,
Piétra, qui en étoit à l'entrée,
le reconnoît, et lui donne sa réponse.... Piétra la reçoit et dispa-
roît aussi-tôt... Ils furent heureux
de le faire promptement ; car Maltide s'étant retournée, elle apperçut le marquis de Césaldy qui,
l'ayant entendu sortir de sa chambre, jaloux..... et soupçonneux,
suivoit ses pas. Aussi-tôt elle entre
dans la cuisine, et feignant d'avoir
besoin d'eau dans sa chambre,
gronde une servante qui étoit res-
tée endormie auprès de la chemi-
née, et lui reprocha de n'avoir
pas fait son devoir. Celle-ci ne

faisoit que bâiller, sans savoir de quoi on l'accusoit : Césaldy voit un pot de porcelaine sur une table, l'emplit d'eau, et ramène la pauvre Maltide, toute tremblante, dans sa chambre.

Ses yeux étinceloient... son cœur palpitoit... il ne balance plus.... rien ne l'arrête ; il se jette aux pieds de Maltide.

«O vous ! lui dit-il, qui avez allumé dans mon cœur le feu le plus vif de l'amour, je mets à vos pieds mon existence! je vous adore, belle Maltide! je veux... je dois vous arracher à l'affreuse captivité qui menace des jours qui me sont si précieux; daignez répondre à l'hommage pur et sincère que je vous rends ici,

de ne vivre, de n'aimer que
vous au monde. Fuyons ces lieux,
venez à Naples, j'obtiendrai de
la bonté du roi de nous unir,
et c'est sous ses auspices que le
flambeau de l'hymen s'allumera
pour nous. »

Maltide, à cette déclaration for-
melle et inespérée, ne savoit que
dire, que répondre... D'un côté,
un amant nouveau à ses pieds,
de l'autre, un qui lui tendoit les
bras. Alfred, qui abandonnoit
aussi parens, amis, richesses
pour elle... Ah! celui-là méri-
toit bien la préférence auprès
de l'infortunée Maltide. Elle bal-
butie, relève Césaldy, tâche de se
remettre de secousses si grandes;
invite le jeune marquis à lui don-

ner le temps de se consulter, lui
met sous les yeux, et lui laisse
entrevoir qu'il sera toujours temps
d'exécuter ce qu'il vient de lui
prescrire…. Enfin elle le prie de
se retirer, que demain elle lui
fera savoir sa volonté là-dessus.
Césaldy, le cœur plein à la fois
de joie et d'espoir, se retire dans
sa chambre, non pour prendre
du repos, mais pour réfléchir aux
paroles de Maltide.

L'impatient Alfred qui sentoit approcher l'heure du ren-
dez-vous, et qui avoit eu soin
de se procurer une échelle, s'étoit
déjà porté avec Piétra sous les
murs du jardin; et après s'être
assuré si tout le monde étoit
retiré dans l'auberge, il pose

l'échelle, franchit le mur ; il est maintenant dans le jardin. Piétra qui l'attend en dehors, lui fait passer l'échelle ; Alfred la pose à la croisée où Maltide l'attendoit : cette dernière s'empare de ses effets les plus précieux, descend avec dans le jardin ; enfin ils en sortent.

Le marquis de Césaldy, que le pressentiment de ce qui devait lui arriver, ne lui laissoit pas un seul moment l'esprit en repos et le tourmentoit sans cesse, entend du bruit dans la chambre de Maltide, voisine de la sienne ; il entend même parler sans pouvoir distinguer ce qui se dit : il sort furtivement de la maison, parcourt toutes les issues de l'extérieur du bâtiment.

Quel

Quel spectacle pour un amant jaloux !.... la foudre qui tombe ne produit pas une terreur si forte que celle que Césaldy éprouva en voyant Maltide entre les bras d'un inconnu qui l'aidoit à prendre une place sur un cheval.

Ecumant de rage... l'œil étincelant de fureur... Malheureux ! défends tes jours, s'écrie-t-il à Alfred, en fondant sur lui, l'épée à la main.

A ce cri, prononcé avec l'accent du désespoir, Maltide tomba évanouie entre les bras de Piétra.

Alfred portoit des coups terribles à Césaldy ; enfin, après le combat le plus opiniâtre, ce dernier, percé d'un coup d'épée, succomba noyé dans son sang.

Partie I.   E

Alfred revient à son amante, qui étoit entièrement remise de son évanouissement; il la place sur un cheval, et s'éloignent au grand galop, en laissant le malheureux Césaldy étendu par terre. Quand ils furent à l'entrée de la grande route, ils y trouvèrent les gens d'Alfred à qui celui-ci avoit donné l'ordre de l'attendre. Après avoir distribué une somme à chacun d'eux pour leurs peines, il leur dit de se retirer, qu'il n'avoit plus besoin de leurs services; et, piquant vigoureusement leurs chevaux, ils furent bientôt éloignés du village.

Le dessein d'Alfred étoit de suivre ponctuellement la route qui conduisoit à Naples, où il avoit une tante aussi riche que compâtissante aux malheurs des infortunés. Il étoit prévenu d'avance que cette parente lui donneroit un refuge dans sa maison, et qu'il pourroit confier à ses soins, Maltide, avec toute assurance.

Après trois journées consécutives de marche, nos fugitifs arrivèrent à Naples comme le jour étoit sur son déclin. Maltide ignoroit encore le coup mortel que son amant avoit porté au marquis de Césaldy; ce premier le lui avoit caché jusqu'à présent. Arrivés à Naples, ils s'arrêtèrent à un hôtel situé à l'entrée de la ville, pour y passer la nuit seulement, car Alfred étoit disposé

d'aller trouver sa tante le lende-
main, de grand matin, et lui
communiquer le sujet de ses peines, dont il espéroit qu'elle y seroit sensible ; mais auparavant il
voulut annoncer à la triste Maltide le fâcheux accident qui s'en
étoit suivi de son duel. Comme
elle s'étoit déjà retirée dans son
appartement pour se livrer au
repos dont elle avoit tant besoin,
Alfred fut obligé de s'y transporter ; elle lui ouvrit, s'assit auprès d'elle, et lui fit le détail de
son combat, dans lequel Césaldy
étoit resté dangereusement blessé,
s'il n'étoit point mort.

Cette nouvelle inattendue ren-
dit à Maltide ses premières ter-
reurs ; elle se sentit à peine la

force de résister au trouble qui
vint s'emparer de ses sens. La
crainte que cette funeste aventure
fût cause que le comte Urbany
fît courir plutôt sur les pas du
ravisseur de sa fille, que ce qu'il
auroit fait sans cette sanglante
catastrophe, elle obligea Alfred
à se porter sur-le-champ à la maison de sa tante, où ils pourroient
être plus en sûreté que dans une
maison ouverte à tout le monde.
Il sortit vite de l'hôtel, et courut
à celui de sa parente, qui le
reçut avec toutes les démonstra-
tions d'une grande joie, lui promit de le secourir dans son pé-
ril, et de le garantir de toute
poursuite.

Alfred, ne se possédant plus

E 3

de plaisir, court rejoindre Maltide et Piétra,.... paie les frais
d'auberge, emporte ses effets, et
ils volent aussi-tôt dans les bras
de cette tante bienfaisante.

Malgré la grande obscurité qui
couvroit les rues de Naples, ils
parvinrent bientôt chez elle. Dès
qu'elle apperçut la belle Maltide,
et que le voile qui la couvroit
eut disparu, la tante fut charmée
de sa beauté et de sa candeur,
et elle n'aspira, en la voyant,
qu'au moment où elle deviendroit
sa nièce.

Ma fille, lui dit-elle, regardez
dès cet instant ma maison comme
la vôtre; vous y serez servie et
obéie par mes domestiques comme
si c'étoit moi-même; jouissez ici

de tous les agrémens de la vie.
La prudence exige que vous ne
sortiez cependant que quand vous
serez l'épouse d'Alfred; vous la
deviendrez avant que vos parens
aient le temps de faire la moindre
recherche ; après nous sortirons
ensemble, et sans crainte je vous
ferai voir les ornemens et les ra-
retés que renferme notre ville.
Demain un ministre sera prévenu;
tout au même moment sera pré-
paré pour votre mariage avec mon
neveu, et c'est au pied des saints
autels qu'il vous jurera amour et
fidélité pour la vie.

Un signe de tête d'Alfred, tout
à la fois tendre et expressif, con-
firma ce que venoit de dire sa
tante.

Pour ce moment, ajouta-t-elle, je m'en vais moi-même vous conduire à l'appartement qui vous est destiné. Elle prit aussi-tôt la main de sa future nièce, et, suivies d'Alfred, elles montèrent un grand escalier qui menoit au logement que Maltide devoit occuper. Dès qu'elle y fut rendue, elle souhaita à cette dernière une bonne nuit ; et Alfred qui, sans doute, auroit préféré passer la nuit dans les bras voluptueux de sa future épouse, étoit derrière sa tante qui, s'étant tournée vers lui, lui adressa, avec un sourire gracieux, ces paroles :

« Pour vous, monsieur l'amant passionné, allez encore cette nuit conter votre douloureux martyre

aux échos de votre appartement...
il vous attend; je vais ordonner
qu'on vous y mène : pour moi, il
m'est impossible d'aller plus loin;
car, soit la surprise de votre apparition, soit le tracas ou la joie
que j'ai éprouvé de votre arrivée :
je vous le dis franchement, je me
sens d'une lassitude sans exemple;
ainsi vous ne trouverez pas mauvais que je me retire. »

Piétra, qui étoit survenu, aida
son maître à aller joindre le che-
vet de son lit : guidés par un domestique de la maison, ils furent
se livrer l'un et l'autre au repos
dont ils avoient tant besoin.

Maltide ne put fermer l'œil de
la nuit, tourmentée de l'idée de
sa situation, réfléchissant aux

suites qu'elle pouvoit entraîner ;
elle croyoit voir les émissaires de
son père, qui venoient l'arracher
à l'amant qui allait être bientôt
son époux. N'ayant pu résister à
ces affreuses images, le sommeil
devenant pour elle chose impossible, elle quitte son lit avec une
agitation plus aisée à sentir qu'à
décrire. Enfin, à côté d'une jalousie, sur un sopha, elle apper-
çoit sa guittare, cet instrument
qui présidoit souvent à sa tristesse,
lui rappelle des objets bien douloureux : c'est avec une espèce de
joie qu'elle le revoit. Sans plus
tarder, elle essaye, en s'en ac-
compagnant, de chanter cette ro-
mance qui s'accordoit si fort avec
ses malheurs.

ROMANCE.

DIEU des amans,
Cruel amour,
Pour mettre fin à mes tourmens
Daigne me priver du jour.
Si d'une amante en pleurs
Tu méprises la prière,
Fais que son heure dernière
Vienne terminer ses malheurs.

C'EST ainsi qu'Iris
S'adressoit à l'Amour,
A ce dieu qui, par des ris,
Répondoit tour-à-tour.
D'Iris la peine cruelle
Pour lui n'étoit qu'un jeu,
On le voyoit augmenter le feu
Qui consumoit cette belle.

UN jour vint
Où l'Amour sensible,

Jura de mettre fin
A des tourmens si terribles.
A Iris rendant la paix,
L'Hymen aidant son frère,
Guérit tous les traits
Que ce barbare lui fit naguère.

L'aube du jour qui commençoit
à paroître, au moment que Maltide finissoit ce couplet, lui fit
abandonner les occupations de la
mélodie, pour se livrer à une non
moins intéressante. Elle se leva,
et ayant ouvert une jalousie, elle
s'y mit pour respirer l'air pur qui
se répandoit sur la nature entière.
Ce spectacle lui rappela le jour
de son départ, où elle avoit entretenu Alfred, de sa terrasse à
l'arbre où ce dernier étoit monté.

La maison de sa tante, à Naples,
étant

étant proche de la mer, élle entendoit, de la fenêtre de sa chambre, les vagues qui par intervalle
venoient se briser contre le sable
et les rochers qui bordent ce terrible élément. Son appartement
se trouvoit situé sur une aîle trian-
gulaire de la maison, il donnoit
sur les allées d'une promenade
publique ; le zéphyr qui caressoit
la cîme des arbres, qui, étant
d'une hauteur prodigieuse, ré-
pandoient dans l'appartement de
Mallide un ombrage délicieux :
elle étoit à contempler cette su-
perbe promenade, quand le
monde, qui commençoit à y cir-
culer en plus grand nombre, je-
toit les yeux sur cette belle personne, et cherchoit à connoître

Partie I.   **F**

qui elle pouvoit être ; cela obligea
Maltide à se retirer en dedans,
ce qui fâcha nombreuse compagnie dont les regards se trouvoient
fixés sur elle.

Pour deux amans qui s'aiment
mutuellement, et sur le point d'être
unis ensemble, une nuit, séparés
l'un de l'autre, est plus longue
que l'on ne pense. Déjà l'impatience que Maltide éprouvoit de
revoir Alfred étoit si forte, qu'elle
résolut d'aller près de lui. Elle
tira le cordon de la sonnette qui
étoit auprès de son lit ; une femme-
de-chambre couchant dans une
pièce voisine, pour être à ses
ordres, parut : Maltide la pria
d'aller prévenir Alfred, qu'étant
jour chez elle, il pouvoit s'y pré-

senter, qu'elle desiroit l'entrete-
nir. Cette femme s'acquitta de la
commission qu'on venoit de lui
donner, et Alfred parut aussi-
tôt, qui annonça à sa bien-aimée
qu'ils alloient être unis dès ce
jour, et que sa tante venoit de
sortir, ayant en vue les préparatifs
de son mariage.

Il étoit arrangé que nos deux
amans recevroient ce sacrement
à un couvent voisin, et dont il y
avoit très-peu de chemin de la
maison de la tante d'Alfred.

Pauvres amans, c'étoit là où un
accident aussi terrible que funeste
vous attendoit.

Tout étoit prêt; la tante, suivie
de plusieurs convives, entroit à
l'hôtel; l'aumônier, au pied des

autels, attendoit Alfred et Maltide
pour les unir ; la cérémonie alloit
commencer, il ne manquoit qu'eux
pour l'achever. Ils montent en
voiture et descendent à la porte
du couvent. Très-peu de monde
composoient les assistans : ils entrent dans l'église ;.... ils sont au
pied des autels.... Le ministre
de Dieu venoit de prononcer les
paroles sacrées qui enchaînoient
nos deux époux, quand tout-à-
coup Maltide entendit, d'auprès d'elle, très - distinctement,
ces paroles :

« C'est elle ! ce sont eux ! cou-
rons avertir le comte. »

A ces expressions, Maltide
s'étant subitement retournée, elle
vit s'enfuir, vers la porte de

l'église , deux hommes qu'elle crut reconnoître pour des serviteurs de son père... Voilà ses pressentimens de la nuit précédente accomplis... Elle ne se douta plus que ce ne fût des espions et des émissaires du comte ; et la crainte qu'elle ne retombât en ses mains, lui ôta l'usage de ses sens ; elle s'évanouit... La cérémonie est suspendue... On la transporte à l'hôtel ; aussi-tôt revenue à elle, et se voyant seule avec Alfred et sa tante , elle s'écrie :

'Fuyons ! fuyons ! cher époux, où nous sommes perdus et séparés pour jamais.

On lui demanda le sujet de ses frayeurs et ce qui avoit causé son évanouissement ; elle lui ra-

F 3

conta les paroles qu'elle avoit
entendu. La tante d'Alfred la
rassura, en lui disant que sa
maison étoit pour eux un sanc-
tuaire inviolable, et qu'aucune
force ne les en feroit sortir malgré elle.

Ces paroles ne contentoient point
Alfred, qui doutoit de ce que
sa tante lui promettoit, et qui
savoit très-bien qu'une seconde
fuite étoit beaucoup plus pru-
dente et plus sûre pour eux.

Ils en étoient-là, quand ils entendirent frapper à la porte de la
rue, à grands coups redoublés.

Chut! s'écria Alfred; ma taute,
au nom de Dieu, courez voir ce
que c'est, et venez nous avertir
et nous tirer d'inquiétude.

Tous les gens de la maison,
même le portier, étoient encore
dans une chambre près de celle
où se trouvoit la belle évanouie.
La tante, en quittant Alfred et
Maltide, rencontra sur ses pas
ses gens qui descendoient pour ouvrir; elle leur ordonna, au contraire, de ne point ouvrir la
porte sans savoir ce que c'étoit.
Ils obéirent à cet ordre. Quand
ils furent en bas, ils demandè-
rent de dedans, à voix forte :
qui frappe ?

On répondit : ouvrez, de par
la sainte Inquisition; ce sont ses
officiers.

A ce nom la tante frémit,
défendit d'ouvrir, jusqu'à ce
qu'elle en auroit donné l'ordre,

et courut avertir son neveu et Maltide.

Il fallut s'évader au plus vîte ; c'est à quoi nos époux songèrent. La tante, par le moyen d'une porte secrète, facilita leur éva- sion. Quand ils furent dans la rue, elle les embrassa tendre- ment, et les voilà encore en route, toujours suivis du fidèle Piétra.

Mais laissons-les pour un mo- ment trotter à pied par monts et par bois, pour revenir au comte Urbany, et le marquis de Césaldy blessé, dont nous n'avons parlé de long-temps.

Par le bruit des combattans, plusieurs valets de l'auberge ac- coururent, et ayant trouvé Cé- saldy baigné dans son sang et

sans connoissance, ils le trans-
portèrent sur son lit, et furent annoncer cette nouvelle au comte.
Ce dernier fut frappé d'un coup
encore plus mortel quand il apprit la disparition de sa fille ;
quand Césaldy lui eut dit à quelle
occasion et pourquoi il s'étoit
battu. Plein de rage et de désespoir, il ne songea qu'à faire courir après les fugitifs ; il laissa
Césaldy, qu'il confia aux soins que
l'hôte en eut de le faire panser
sur-le-champ, par un chirurgien
qu'il envoya chercher dans le
village.

Le comte envoya de suite plusieurs émissaires sur toutes les
routes ; mais le destin acharné
envers nos époux infortunés,

voulut que le comte prit celle de Naples ; il arriva dans cette ville en même-temps que sa fille. Des gens qui lui étoient affidés et qui connoissoient la pauvre Maltide, entrèrent par hazard dans l'église où elle avoit épousé Alfred, la reconnurent, et c'étoit eux qui firent l'exclamation qui causa l'évanouissement de Maltide ; aussi-tôt ils furent avertir le comte, son père, qui avoit obtenu un ordre du Saint-Office pour faire arrêter Alfred par la voie de la justice, comme coupable de rapt et d'assassinat.

On ne tarda pas à s'assurer de l'hôtel où les mariés étoient entrés, et avec main-forte on fut réclamer Maltide et le coupable.

Sitôt que nos époux furent sau-
vés et hors de danger, on ouvrit au comte, qui, à haute voix,
s'adressant à la tante d'Alfred, la
somma, au nom de l'ordre dont
il étoit muni, de remettre les fugitifs, qui étoient dans sa maison,
en sa puissance : celle-ci répondit
qu'elle ignoroit entièrement de
quels fugitifs on vouloit parler,
et qu'elle n'en avoit point chez
elle. Le comte ne se contenta
point de cette réponse, fit poser
une garde à la porte, et ordonna
qu'on fît dans la maison les plus
strictes recherches. Après avoir
fouillé, tourné tout sens dessus
dessous, ils abandonnèrent ces
lieux : mais le comte maudissoit
en lui-même son imprudence,

quand il n'avoit point fait investir la maison entière, ne doutant pas qu'ils n'en fussent sortis avant qu'on lui ouvre ; il se retira humilié et désespéré d'avoir perdu leurs pas.

Les vents sifloient ; les éclairs, précurseurs du tonnerre, se succédoient à grande force... la pluie qui tomboit en abondance... les élémens enfin qui sembloient s'être déclarés la guerre, tout portoit la terreur dans l'ame de nos pauvres voyageurs, qui, accablés de deux jours entiers de marche, se trouvoient vers le milieu de la nuit égarés, exténués de fatigue, et ne pouvant trouver un seul endroit pour se reposer et pour être à l'abri des injures du temps. Ils

luttoient

luttoient ainsi contre le plus affreux orage, quand , à travers la
lueur des éclairs , ils apperçurent
une espèce de masure délabrée.
Sans songer à autre chose qu'à
se mettre à couvert et à chercher
un endroit pour attendre le jour ,
ils entrent dans ces ruines , vraie
retraite des chauve-souris ou des
voleurs. Ce lieu qui lui avoit paru
d'abord une vieille masure tombée
en désuétude , se trouvoit au contraire être les restes d'un vieux
château , qui , à fur et mesure
qu'ils pénétroient en avant , offroit à leurs yeux des objets nouveaux et lugubres. C'étoit ici des
vieux meubles tombant en vé-
tusté , plus loin des dépouilles
déchirées en lambeaux.

Partie I.   G

La crainte d'Alfred et de Piétra redoubloit ; celle de Maltide étoit encore plus forte , quand ni les uns ni les autres n'osoient se la manifester.

Ils s'arrêtèrent dans une petite pièce qui offroit un réduit un peu plus solide pour passer la nuit, que ceux qu'ils avoient vus jusqu'à ce moment. Leurs habits étoient trempés, il auroit fallu les faire sécher ; c'est à quoi ils réfléchirent. Piétra, qui par bonheur portoit toujours sur lui de quoi tirer du feu , bénit en ce moment une prévoyance qui lui étoit plus utile qu'à fumer une pipe. Il lui manquoit à présent du bois pour allumer du feu. Alfred, qui sous un petit escalier

avoit cru remarquer des débris
de plusieurs chaises comme d'autres meubles, ordonna à Piétra
d'aller en chercher; mais celui-ci
répond en tremblant qu'il ne fait
plus d'éclairs pour lui montrer
son chemin. Alfred sourit à cette
réponse, et se décida à y aller
lui-même; ce qu'il fit. Au bout
d'un moment, ne le voyant pas
revenir, Maltide trembla tellement
qu'il lui fût arrivé quelque chose,
qu'elle pria Piétra d'aller à sa
rencontre, lui disant qu'elle pouvoit rester seule dans cette chambre où elle croyoit n'avoir rien
à redouter.

Piétra, que l'attachement et
l'amitié qu'il portoit à son maître, étoient plus forts que la

frayeur qui s'étoit emparé de lui ;
courut, pour obéir à Maltide,
chercher Alfred ; il le rencontra,
en effet, qui s'en revenoit chargé
de débris de bois. Piétra le dé-
gagea d'une bonne partie de son
fardeau, et ils prennent droit le
chemin de la chambre où ils
avoient laissé Maltide.

Ma chère Maltide, nous voici,
lui crie de dehors Alfred ; ils
entrent, personne.... ils appellent
Maltide à plusieurs reprises.... Un
silence morne et continuel....
L'échos du vieux édifice répondoit seul a sa voix.

Qu'on se figure le désespoir
qui vint s'emparer d'Alfred, en
voyant son épouse disparue ! il
trembloit, en la cherchant, de s'as-

surer de la fatale vérité; il a peine
à croire à son malheur.

Piétra, qui n'étoit pas moins
affligé que son maître à cette disparition, perd moins cependant
la tête que lui; et ayant allumé
du feu qui, en répandant une
grande clarté dans la chambre,
laissoit en distinguer l'extérieur.

Ils recommencent leurs recherches, mais c'est en vain;
rien ne peut leur faire entrevoir
le chemin que Maltide a pris.

Ce lieu recéleroit-il des brigands, disoit Alfred, qui m'auroient ravi ce que j'ai de plus
cher au monde, ou, ayant voulu
suivre tes pas (en s'adressant
à Piétra), se seroit-elle perdue
dans ces bâtimens? mais si elle

s'étoit égarée, elle auroit répondu
à notre voix; elle-même m'auroit
appelé : toutes mes conjectures
sont horribles.... je ne sais à quoi
m'arrêter....

Fin de la première Partie.

MALTIDE,

OU

LA FORÊT PÉRILLEUSE.

SECONDE PARTIE.

MALTIDE,

OU

LA FORÊT PÉRILLEUSE.

ALFRED luttoit ainsi contre mille
idées différentes, quand le jour
qui vint à paroître le tira de ses
sombres réflexions. Après avoir
de nouveau recommencé leurs recherches avec Piétra, elles furent
toujours infructueuses; ils par-
coururent ensemble l'extérieur du
vieux édifice; ils s'en éloignent
même en s'enfonçant dans la forêt, qui, se trouvant tellement

embarrassée de ronces et d'épi-
nes, ils eurent bien de la peine
à s'y faire un passage.

Piétra, à qui le chagrin d'avoir
perdu sa maîtresse n'avoit pas
tout à fait ôté l'appétit, se trouvoit en ce moment tourmenté du
besoin de prendre quelque nourriture ; il avoit sous son bras l'ha-
vresac où ses petites provisions
étoient renfermées ; il s'assit sur
le bord d'un rocher, à l'ombre de
plusieurs arbres si touffus, que
les rayons du soleil n'y pouvoient
percer, et en ayant tiré quelques
mets, il se dispose à les entamer,
après avoir invité son maître à en
prendre sa part.

Mange, mon cher Piétra ; je
n'ai besoin de rien, lui répondit

Alfred. Depuis hier à dîner, répliqua Piétra, vous n'avez rien pris, au moins buvez un coup : il eut beau engager Alfred à manger, celui-ci avoit le cœur trop navré de la perte récente qu'il venoit de faire, qu'il lui fut impossible de céder aux supplications de son fidèle Piétra. O Maltide ! Maltide ! répétoit-il, un destin cruel nous a-t-il séparés pour jamais ?... Franchement, monsieur, j'en ai peur, lui répondit Piétra, la bouche pleine, tant il mangeoit avec précipitation....

Ils furent interrompus tous les deux par les pas de plusieurs hommes qui sembloient s'approcher d'eux. Piétra, dont la crainte fit place en ce moment à l'appétit, abandonna son déjeûner; et s'étant relevé subitement pour s'assurer de quel côté ils avoient entendu du bruit, il apperçut à travers les arbres des hommes bien armés, à mine rébarbative, qui s'avançoient vers eux; il les fit distinguer à Alfred, qui lui répondit que ce devoit être des voyageurs armés, sans doute par précaution.

Des voyageurs ne vont pas ainsi par bande, lui répondit Piétra; regardez, ils sont en grand nombre, monsieur; évitons leur rencontre, la prudence nous l'ordonne; il arrive d'étranges choses dans les forêts quand on voyage; celle-ci sur-tout, on y court mille

dangers,

dangers, mille hazards, vous le savez on nous en a prévenus sur la route.... Cachons-nous, mon cher maître.

Alfred ayant réfléchi que ce pouvoit bien être des malfaiteurs, ils se cachèrent derrière un feuillage d'où ils pouvoient entendre et voir sans être vus.

Ces hommes ne tardèrent pas à paroître. Alfred et Piétra ne perdirent pas un mot du discours suivant :

« Où est Morgan, dit l'un d'en-tr'eux ? Il nous a quittés pour une entreprise particulière, répondit un second. Le premier continua, je le sais ; mais il devroit être revenu. Camarades, il y a cette nuit un beau coup à faire à deux

Partie II.   H

lieues de chemin de cet endroit;
nous allons repartir. Sommes-
nous tous ici? Oui, capitaine,
voici tout notre monde, excepté
Morgan et les deux hommes res-
tés dans le souterrain pour préparer le souper. » Le capitaine lui
ordonna de les faire venir, en lui
disant que ce n'étoit pas trop la
troupe toute entière, pour le coup
hardi qu'ils alloient tenter. Dès
que le capitaine eut donné cet
ordre, un des voleurs, nommé
Brisemont, s'approche d'un rocher, tire à lui un quartier de
roc, qui tourne avec effort sur un
pivot, et laisse voir une ouver-
ture fermée par une porte; il met
la clef dans la serrure qui ferme à
trois tours : la porte s'ouvre; il

descend dans le souterrain. Pendant ce temps le capitaine se pro-
menoit en pensant à son expédition. Morgan arrive avec plusieurs brigands qu'il veut, dit-il,
associer à la troupe de son capitaine ; celui-ci les reçoit, et se fé-
licite du petit renfort qu'il a besoin et dont il lui vient si à
propos ; mais il reproche à Brisemont sa lenteur. Après l'avoir appelé à plusieurs reprises, il sort
du souterrain avec les hommes
dont il avoit déjà parlé ; mais soit
l'empressement du capitaine, soit
l'arrivée des nouveaux camarades
que Morgan a amenés avec lui,
il oublie de fermer la porte du
souterrain ; et après que le capitaine leur a adressé le discours

H 2

suivant.... « Camarades, je vous
mène à une entreprise qui demande des hommes déterminés;
je serai toujours à votre tête;
mais s'il est parmi vous des cœurs
lâches, qui tremblent ou qui hé-
sitent de me seconder, je jure par
toutes les puissances de l'enfer,
qu'ils seront mes premières vic-
times. Marchons. » Ils mettent tous
le sabre à la main, et défilent
ainsi devant la cachette de nos
voyageurs, qui étoient plus morts
que vifs, en entendant parler les
brigands.

Enfin, après s'être assurés qu'ils
étoient bien éloignés, Alfred et
Piétra sortent de derrière le feuillage, étonnés de ce qu'ils avoient
vu et entendu. Alfred qui par-

court le lieu que les voleurs venoient de quitter, s'approche de
la caverne : Piétra , Piétra , s'écrie-
t-il, ils ont laissé la porte ouverte! Que nous importe , lui répond Piétra , c'est trop long-temps
rester dans ce coupe-gorge ; allons-
nous-en.

Non , dit Alfred , il faut pénétrer dans ce repaire , observer
par nos yeux ce qu'il renferme ;
et après avoir laissé ici quelque
marque qui puisse le faire reconnoître , voler de suite chez le ma-
gistrat , lui déclarer ce que nous
aurons vu , et contribuer , s'il
se peut , à purger le pays d'un
rassemblement qui lui est si funeste.

Piétra , à qui la frayeur et l'éton-

nement redoubloient lorsque son
maître lui tenoit ce discours, faisoit tous ses efforts pour le détourner de ce projet qu'il appe-
loit si téméraire. Ces bandits,
lui disoit-il, peuvent venir nous
surprendre. Alfred vouloit le rassurer, en lui disant qu'il n'avoit
rien perdu de leur conversation,
qu'ils alloient à deux lieues de cet
endroit, que personne n'étoit resté
dans le souterrain, et qu'il vouloit
y entrer tout de suite. Il proposoit
à Piétra de rester en dehors, qu'il
y descendroit tout seul ; mais celui-ci refusa cette offre, dit qu'il
suivroit son maître jusques dans
les entrailles de la terre ; et après
s'être entièrement résignés, ils
descendirent ensemble dans ce

lieu qu'ils croyoient plus que té-
nébreux : ils s'imaginoient qu'a-
près l'avoir visité il leur seroit
aussi facile d'en sortir que d'y
entrer ; mais un évènement aussi
cruel qu'imprévu leur ôta cette
espérance, et mit le comble à
tous leurs malheurs. Brisemont,
en chemin, se rappela qu'il avoit
oublié de fermer la porte ; il vint
aussi-tôt réparer sa faute, et enferma en même-temps nos deux
voyageurs qui passoient en revue
la caverne et ce qu'elle contenoit.

Ce cruel incident, loin de
porter le désespoir dans l'ame
d'Alfred, lui laissoit entrevoir une
nuance d'espoir ; il sembloit que
dans ce lieu de terreur il devoit

trouver la félicité ; il consoloit le pauvre Piétra, dont l'accablement où il se trouvoit, lui ôtoit presque l'usage de ses sens ; il déploroit son triste sort : car que m'importe à moi, disoit-il, que ce soit ma douleur ou le fer d'un brigand qui achève ma destinée.

Il me semble déjà, disoit Piétra, voir ces hommes farouches tomber sur nous comme des tigres en furie, nous déchirer, nous dévorer, peut-être, oui, monsieur, nous dévorer ; beaucoup de ces brigands se nourrissent de chair humaine, on me l'a dit cent fois. J'ai vu là - dedans de grandes broches, de grandes chaudières bouillantes. Nous avons tous deux

assez d'embonpoint s'il leur pre-
noit fantaisie de nous faire rôtir,
ou de nous mettre au bleu comme
des brochets.

Pendant que la frayeur faisoit
faire au pauvre Piétra ces suppositions qu'il croyoit fondées, il se
trouvoit avec son maître dans
une grande pièce du souterrain,
creusée en voûte fort élevée ;
elle étoit éclairée par une grosse
lampe suspendue au milieu. Des
siéges, quelques meubles et une
guittare étoient dispersés de côté
et d'autre ; dans le fond se trouvoit un rocher un peu élevé où un
escalier de bois conduisoit au sommet ; sur ce rocher étoit une ou-
verture fermée par une porte
de fer.

Alfred depuis un moment étoit devenu pensif; on eût dit qu'il méditoit un dessein. Tout-à-coup sortant de sa rêverie, et d'un ton décidé, il dit à Piétra : si tu avois du courage.... A quoi nous serviroit-il, répliqua celui-ci? (Alfred avec rage) A vendre chèrement notre vie. Si tu avois au moins le courage du désespoir, nous aurions en mourant le plaisir de faire mordre la poussière à plusieurs de ces brigands. Belle consolation, lui répondit Piétra; gardons-nous bien d'irriter leur fureur par une vaine résistance : croyez-moi, subissons tranquillement le sort que nous ne pouvons éviter. Au moment qu'il donnoit ce conseil à son maître, ils entendirent partir d'auprès d'eux des soupirs et plusieurs mots entre-coupés.

Monsieur, nous ne sommes pas seuls ici, dit Piétra ; entendez-vous, monsieur ? Alfred avoit entendu la même chose. Ce sont des sanglots , disoit-il , des cris étouffés, quelque victime, sans doute. C'est un malheureux qu'on expédie, reprit Piétra, dont l'imagination alloit toujours au grand galop. Ils cherchoient ensemble d'où cette voix pouvoit se faire entendre, quand la même voix fit de rechef entendre des plaintes.

Le destin a creusé un tombeau
Où bientôt je vais descendre.
Sort cruel.... qui, d'un cœur tendre ;
A fait naître tous les maux.

Oui, je le sens, à mon malheur,
Sans murmurer, je me décide.
Les traits affreux de la douleur
Ont flétri l'infortunée Maltide.

Alfred, en interrompant Maltide, jeta un cri perçant, monte
l'escalier du rocher; Maltide le
reconnoît; elle ne doute point
qu'il ne soit tombé aussi entre
les mains de ses ravisseurs; cette
idée la fit tomber en foiblesse.
Alfred tenoit une de ses mains
qu'il couvroit de baisers; mais
voyant le danger de son épouse,
il cherche à ébranler les barreaux
de fer qui le séparoient d'elle. Il
s'épuisoit ainsi en efforts inutiles,
quand Piétra apperçut une clef
pendue au rocher à côté de la
porte; il la donne à son maître:

O

O bonheur! elle ouvre. Maltide qui étoit revenue de son évanouissement, exprime sa joie de revoir son époux, et lui demande par quel hazard il se trouve dans cet affreux repaire, s'il est tombé entre les mains des brigands. Alfred la rassure et lui raconte comment il est parvenu auprès d'elle : daignez m'apprendre, lui dit-il à son tour, comment ces infâmes scélérats se sont emparés de vous.

A peine Piétra m'eut-il quitté pour venir à votre recherche, que plusieurs hommes entrent où j'étois, s'élancent sur moi et m'environnent; l'un d'eux me prend rudement par la main, et m'ordonne de le suivre : un cri m'échappe; ils me saisissent,

m'entraînent malgré ma résistance. Eperdue, hors de moi-
même, privée de l'usage de mes
sens, je ne sais ni par quel chemin ils me conduisirent, ni com-
bien de temps dura mon évanouissement. Revenue à moi-même, je
porte autour de moi des regards
effrayés, et je me vois renfermée
dans ce cachot. Un bruit, en ce
moment, frappe mon oreille ; j'en-
tends des malheureux se plaindre ;
je cherche à m'y faire reconnoître,
et c'est vous, c'est mon amant,
mon époux, que je retrouve dans
cet abominable lieu.

Maltide ici fut interrompue par
Alfred, qui lui demanda si le capitaine ou les brigands ne lui
avoient point parlé depuis son en-

trée dans le souterrain : Maltide
lui répondit que celui qui l'avoit
saisie le premier dans la chambre
délabrée, c'étoit le capitaine ; que
celui-là paroissoit vouloir prendre
sur elle des droits qu'il ne céde-
roit point à ses compagnons, et
qu'elle avoit lieu de tout redouter
d'un monstre pareil.

Je conçois un dessein, dit Alfred à Maltide, il faut dissimuler,
feindre de voir cet homme avec
des yeux moins prévenus. Vous
frémissez ; l'horreur qu'inspire
un scélérat est difficile à surmon-
ter ; mais quelle résolution ne
peut-on prendre contre un cruel
ennemi ? faites - vous violence,
vous ne pouvez lui échapper qu'en
le trompant. Quand le chef des

brigands paroîtra, faites-lui un
accueil flatteur sans affectation,
sans contrainte ; donnez - lui à
connoître adroitement, que, cé-
dant enfin à votre destinée, vous
serez sensible à sa passion ; et
afin de le mieux persuader que
vous êtes sincère, demandez-lui
à souper ici tête-à-tête ; écoutez
bien, ma chère Maltide. En ce
moment Alfred tira de sa poche
une petite boîte, et continua : La
poudre que contient cette boîte est
un poison très-actif dont je me
suis emparé à notre départ, en cas
de nécessité ; je ne pourrois trouver un moment plus utile à l'em-
ployer que dans celui-ci. Lorsque
vous serez à table et que le vin
aura mis en bel humeur votre

affreux convive, saisissez l'instant où il ne pourra vous apper-
cevoir, et jetez cette poudre dans
son verre. A peine aura-t-il bu,
que vous le verrez perdre le sentiment et tomber à la renverse:
ne craignez rien, l'effet de la
poudre sera si prompt, qu'il n'aura
pas le temps d'arrêter sur vous
quelque soupçon. Le chef mort,
et pendant que sa troupe ne son-
gera qu'à s'enivrer dans le fond
de la caverne, nous nous empa-
rerons des clefs, et sortirons de
ce gouffre d'iniquités.

Cette proposition fit frémir
Maltide qui ne pouvoit se résoudre à causer la mort d'un
homme. Ce ne fut qu'après qu'Alfred lui eut démontré que cet

I 3

homme étoit un monstre, souillé
de forfaits, et l'urgent besoin de
s'en défaire, qu'elle s'arma de
courage, et lui promit de sur-
monter la foiblesse de son sexe.
Elle prit donc la boîte contenant
le poison, la cacha dans son
sein, et attendit le moment favorable de s'en servir.

En cet instant, ils entendirent
un bruit sourd ; c'étoit les brigands qui rentroient. Ils fallut
songer à se cacher : Maltide entra vîte dans son cachot ; Alfred
l'enferma, mit la clef à sa place,
et fut se placer derrière un rocher, d'où il pouvoit être le témoin de la scène du souper. Piétra ne jugea point à propos de
suivre son maître derrière le

rocher : en parcourant la caverne, il avoit, dit-il, remarqué
une cachette, suivant lui, plus
sûre que celle-là ; il la préféra
à celle d'Alfred. Après que celui-ci lui eut donné la permission d'aller où bon lui sembleroit,
il s'y retira tremblant, à l'approche des voleurs.

Aussi-tôt ces derniers entrèrent
dans la pièce du souterrain, où
Alfred avoit entretenu Maltide ;
ils déposèrent leurs armes en mur-
murant entr'eux : par leurs discours, Alfred jugea que l'expédition qu'ils venoient d'entreprendre étoit manquée.

Après que le capitaine eut or-
donné qu'on préparât le souper,
il fit éloigner tout son monde, et

se disposa à revoir la belle affli-
gée. Quand il fut seul, il monta
l'escalier du rocher, ouvrit à Maltide, et la prenant par la main:
Allons, ma belle, dit-il, daignez
fêter ma bien-venue : vous vous
êtes sans doute laissée gagner à
l'ennui pendant mon absence,
cela ne peut être autrement; mais
je vais tâcher de le dissiper. Depuis ce matin vous êtes en ma
puissance; vous auriez déjà payé
de la vie les témoignages d'aver-
sion que vous m'avez prodigués,
si les attraits dont vous êtes pour-
vue n'avoient fait sur moi une
impression singulière. Que ce soit
goût, caprice ou passion, ce sentiment tout nouveau dans mon
ame a retenu ma juste vengeance ;

mais songez qu'elle n'est que suspendue.

A ces brutales menaces, Maltide sentoit son courage s'affoi-
blir ; elle y répondit avec une
soumission qui ne laissoit rien à
desirer au capitaine ; elle alla
même jusqu'à lui dire que toute
sa personne ne lui étoit point in-
différente, et qu'en ce moment
une passion moins forte que la
haine subjuguoit son cœur. A ces
paroles, le capitaine transporté
de joie alloit donner des ordres...
quand Piétra, qui par malheur
avoit été découvert, entra, suivi
de plusieurs brigands. Capitaine,
dit Brisemont qui le tenoit par le
collet, voici un homme que nous
venons de trouver caché dans un

coin de la caverne. Grace! grace!
monsieur le capitaine, s'écria
Piétra en tombant à genoux.

Qui es-tu ? qui t'amène parmi
nous ? lui dit le capitaine.

Le hazard, répond Piétra ; oui,
le hazard. Egaré dans la forêt,
je cherchois un asyle pour cette
nuit : une porte ouverte parmi des
rochers s'offre à ma vue ; jugeant
que c'est la retraite de quelques
bonnes gens humains et chari-
tables comme vous, j'entre en
confiance pour demander l'hos-
pitalité ; ne trouvant personne,
je me suis jeté dans un coin là
derrière, sans autre dessein, je
vous le jure, que de prendre un
peu de repos en attendant le jour.
Je sais qu'en effet, dit le capi-

taine, on a eu l'imprudence de
laisser la porte ouverte ; mais je
ne te connois pas ; tout inconnu
pour moi, ajouta-t-il, n'est qu'un
animal dangereux, et pour m'en
délivrer, je lui donne la mort.
Il avoit déjà tiré son sabre pour
en frapper Piétra, quand Maltide arrêta son bras et demanda
grâce pour lui.

Enfin le capitaine ayant cédé
aux prières de Maltide, demanda
à Piétra s'il savoit faire la cuisine, qui répondit qu'oui ; alors
il dit à Brisemont de l'installer
dans son nouvel emploi ; ce que
celui-ci fit aussi-tôt. Le capitaine
se trouvant seul avec Maltide, et
s'étant tourné vers elle : Eh bien,
ma charmante, lui dit-il, vous

voyez quel est déjà votre empire ;
cet homme vous doit la vie : pour
vous donner une nouvelle preuve
de ma tendresse pour vous, donnez-moi la main, je veux vous
faire visiter cette demeure, que
vous croyez peut-être étroite et té-
nébreuse ; je veux vous faire voir
mes magasins, nos trésors qui
sont immenses ; vous allez en
juger par vous-même ; avant le
souper vous verrez notre habi-
tation entière.

Après avoir parcouru le souterrain ensemble, ils revinrent
pour se mettre à table. On avoit
déjà servi. Maltide s'assit à côté
du capitaine, et cherchoit à saisir
un moment favorable pour jeter
la poudre dans le verre de ce
dernier.

dernier. Vers le milieu du repas,
il lui demanda si elle chantoit
quelquefois ; Maltide répondit que
non. Vous jouez au moins de
quelque instrument, de la guittare par exemple. Maltide qui
en avoit vu une au fond de la
caverne, lui enjoignit de l'aller
chercher : elle croyoit profiter de
cet instant. Le capitaine s'étant
levé pour aller chercher la guittare, Maltide tira vîte la boîte
du poison, et la versa dans le verre
du capitaine. Celui-ci qui l'ob-
servoit du coin de l'œil, s'en ap-
perçoit, revient à elle, lui donne
l'instrument. Avant que je com-
mence, souffrez que je vous fasse
un reproche, lui dit Maltide.
Quel reproche avez-vous à me

Partie II.   K

faire, répond durement le capitaine ? Depuis que nous sommes
à table, continua Maltide, vous
n'avez pas encore bu à ma santé.

Vous avez raison, ajoute le capitaine, sèchement ; je vais réparer ma faute ; mais il me vient
une pensée qui ne peut manquer
de vous être agréable, si vos sen-
timens pour moi sont tels que
vous les témoignez. J'ai oui dire
que pour deux amans qui sou-
pent ensemble, c'est un très-grand
plaisir de changer de verre, et
de boire ainsi à la santé l'un de
l'autre ; j'en veux faire l'expérience
(en présentant le gobelet du poison à Maltide) : voilà le mien,
donnez-moi le vôtre. Avec un
sourire affreux, il le prend e

boit. A votre santé, lui dit-il.
Voyant que Maltide est prête à
se trouver mal, il ajoute : pre-
nez donc ce verre ; hésitez-vous
de boire après moi ? vous pâlissez,
vos mains tremblent ; qu'avez-
vous ?

Pardon ; une indisposition sou-
daine, lui répond Maltide éper-
due.

Le capitaine, d'une voix terrible, lui ordonne de boire ce vin ;
mais Brisemont qui entre seul en
ce moment, lui fait naître une
idée digne d'un scélérat ; il prend
le verre du poison :

« Réservons-nous, dit-il, le plaisir de confondre la perfide ; fai-
sons sur quelque autre l'essai de
ce breuvage. »

K 2

Il le présente à Brisémont, en lui disant, bois à ma santé ce verre de vin : celui-ci l'accepte. A peine a-t-il bu, qu'il tombe à la renverse, et meurt dans des mouvemens convulsifs. Voilà donc mes soupçons changés en certitude, s'écrie avec fureur le capitaine; c'étoit donc là le prix que tu réservois à mes bontés. Il tire son sabre, la prend rudement par le bras, et la tient renversée. Tu vas expier ta trahison, ajoute-t-il au moment de frapper.

Alfred qui ne pouvoit plus contenir sa rage, s'élance rapidement du rocher où il étoit caché ; « C'est à toi à expier tes forfaits, s'écrie-t-il en s'adressant au capitaine, l'épée à la main. » Ce dernier, frappé de l'apparition subite d'un homme qui lui étoit absolument inconnu, s'apprête à le recevoir avec la même fureur qu'Alfred met à fondre sur lui. Le bruit des épées attire bientôt les brigands ; Morgan, avec ses nouveaux initiés, entrent dans la pièce du souterrain, suivis de quelques voleurs. A la vue des combattans, ils enveloppent l'amant de Maltide, et le saisissent.

« Camarades, dit le capitaine aux nouveaux venus, cette femme a voulu attenter à la vie de votre chef. » Ici Morgan paroît surpris. Le capitaine continue : « Cet homme qui s'est introduit ici, je ne sais comment, me paroît être son complice ; qu'on le conduise

K 3

dans le caveau des exécutions,
et qu'il soit fusillé. »

A cette terrible sentence, les genoux de Maltide foiblissent; elle
se jette aux pieds de son bourreau,
le conjure de prendre sa vie, mais
d'épargner celle de son amant.

Le capitaine est sourd aux
prières qu'on lui adresse; sa rage
redouble lorsqu'il apprend qu'Alfred possède le cœur de sa victime.
Il ordonne que ses ordres soient
exécutés sur-le-champ; il veut,
dit-il à Maltide, lui rendre son
époux, mais après qu'il aura reçu
le prix de son audace : il charge
Morgan et les hommes nouvelle-
ment enrôlés dans sa compagnie,
de l'exécution. « Ce coup d'essai,
dit-il, nous mettra à portée de ju-

ger de leur capacité. » Ce dernier alors emmène Alfred, qui
tend les bras à Maltide, en lui
disant :

« Imite mon courage; sachons
mourir. »

Ma main se refuse à peindre
les horreurs qu'éprouva Maltide
en voyant conduire son époux au
supplice. — « O Alfred ! s'écrioit-
elle, tu vas mourir ! mourir sans
moi ! Ses pas chancelans se diri-
goient vers la porte; elle vouloit
aller partager le sort de son époux;
la mort lui étoit préférable à cette
horrible agonie. Au moment que
son désespoir étoit à son comble,
une fusillade se fait entendre dans
le fond de la caverne.

Il est mort, s'écrie-t-elle, en

tombant de sa hauteur sur le carreau !

En cet instant, la barbarie du capitaine éclate; il fait apporter le corps d'Alfred, tout sanglant, en présence de son épouse; il le laisse ainsi exposé à sa vue, et sort pour leur laisser, ajoute-t-il, l'agrément de ce joli tête-à-tête.

Maltide, qui avoit repris ses esprits, se relève, les yeux couverts par un épais nuage ; elle cherche à se reconnoître, à voir où elle est; pour son malheur, elle se trouve encore dans le repaire du crime...

Mais quel spectacle s'offre à sa vue !... Elle s'avance... elle écarte d'une main tremblante une draperie qui semble vouloir lui cacher les restes précieux d'un époux

adoré... Hélas ! qu'est-il devenu
cet époux ?... les cheveux épars...
la pâleur de la mort colorant ses
joues... ce tableau affreux invite
Maltide à se munir de fermeté.
D'un pas décidé, elle s'approche
plus près du brancard où est étendu
Alfred ; elle le considère. « Cher
époux, lui dit-elle, tu goûtes
maintenant le repos de la mort ;
eh bien ! nous le goûterons ensemble : non ! restes adorés, nulle
puissance désormais ne peut nous
désunir. » Elle tombe sur Alfred,
qu'elle embrasse avec force.

O prodige !... Alfred se relève
vivement ; il presse son épouse
amoureusement dans ses bras. —
« Maltide, lui dit-il, reprenez vos
sens. » Celle-ci, toute troublée à

cet étonnant miracle, s'écrie :
« Sommes-nous réunis dans le séjour des morts, ou, par une faveur
de l'amour, mon ame a-t-elle rap-
pelé la tienne ? »

En ce moment Alfred s'élance à
terre, ôte un bandeau qu'il avoit
sur le front, et après avoir regardé
si personne ne vient, il s'adresse
ainsi à Maltide à son grand étonnement :

« Ton époux respire ; calmes cet
effroi, ô ma bien-aimée! et écoutes-
moi. Conduit dans une autre caverne, moins spacieuse que celle-
ci, on me fait mettre à genoux.
L'un des brigands destinés à me
faire périr, s'approche de moi, et
en ceignant mon front de ce bandeau sanglant, il me dit bas à

l'oreille : Nous allons feindre de
tirer sur toi ; au bruit des coups de
fusil, tombes soudain sur la terre,
et gardes l'attitude immobile d'un
homme expiré, jusqu'à ce qu'une
voix vienne te dire : lève-toi, et
sors de ces lieux. A ces mots, il a
rejoint sa troupe, rangée derrière
moi pour l'exécution. Le plomb
meurtrier a éfleuré ma tête, sans
me faire grand mal ; j'ai fait ce
que cet homme m'a dit : soudain
l'on m'a enlevé, mis sur un brancard, et apporté dans ce lieu. »

A ce discours, Maltide, de
même qu'Alfred, ne doutoient
point que quelques - uns de ces
brigands ne fussent touchés de
leur sort... et que, par leur zèle,
ils ne parvinssent à se tirer de

cet affreux abyme... Ils alloient
remercier le Ciel de cette faveur
inattendue, lorsqu'ils entendirent
le pas d'un homme qui s'avan-
çoit vers eux. Alfred reprit aussi-
tôt, comme on lui avoit pres-
crit, la posture d'une victime
suppliciée.

Quand ils avoient cru entendre
marcher, ils ne s'étoient point
trompés. Le capitaine parut ; il
s'adressa à Maltide, avec un sourire terrible.

« Eh bien ! beauté sensible, lui
dit-il, vous gardez le silence ; vous
ne me remerciez pas de mes soins
généreux, moi qui ai la bonté de
vous faire jouir encore de la présence de votre amant, de vous mé-
nager la douceur d'être seule avec
lui.

lui. Le voilà cet objet si cher! allez donc lui parler de votre tendresse, lui prodiguer vos embras-
semens, vos transports. Il est vrai
qu'ayant reçu douze balles de
plomb dans la cervelle, il aura
plus de peine à y répondre; mais
l'imagination d'une amante pas-
sionnée,...

« Vas, meurtrier farouche, laisse-
moi mourir, lui répondit Maltide
en le regardant avec horreur. »

« Tu mourras sans doute, re-
prend le capitaine avec fureur;
c'est bien mon intention; mais
avant, je veux jouir de tes tourmens, les prolonger par ma présence; je prétends même,... (en
tirant Maltide vers lui). Allons,
suis-moi. »

Partie II.   **L**

Les yeux du capitaine pétil-
loient d'un feu qui marquoit assez
sa passion féroce, et les desseins
qu'il se proposoit d'exécuter pour
jouir de sa victime avant de l'immoler. Cette dernière se défendoit
du mieux qu'il lui étoit possible.
— « Monstre exécrable! s'écrioit-
elle, c'est donc ainsi que tu veux
insulter mon époux, même après
l'avoir fait mourir ?...Le capitaine
n'écoutoit rien ; il entraînoit Maltide dans l'enfoncement de la caverne où se trouvoit Alfred : celui-ci, dont le sang bouilloit dans
les veines, se dégage légèrement
de la draperie qui l'enveloppoit,
saute sur deux pistolets que le capitaine avoit mis sur la table, et
lui brûle la cervelle. Maltide

effrayée jette un cri, et tombe
dans les bras de son époux. Ras-
surez-vous, lui dit-il, ce brigand
a fait beaucoup de mal, mais
il n'est plus en état d'en faire
à personne.

Un grand bruit se fit entendre.
Maltide s'écria : Voici ses compagnons, ils accourent ; nous sommes perdus ; il faut subir notre affreuse destinée. Alfred, un pis-
tolet d'une main, l'épée de l'autre, les attend dans l'attitude la
plus intrépide, tenant Maltide,
et passant devant elle.

Où est le capitaine ? demande
Morgan, en entrant, le sabre à la
main. Il est mort, lui répond
tranquillement Alfred, et c'étoit
à moi à terminer des jours si

L 2

odieux. Alfred ne pouvoit revenir de son étonnement, quand
après avoir prononcé ces paroles,
il vit Morgan lui tendre les bras
et s'écrier : Viens, brave jeune
homme, que je t'embrasse ; et il
appelle aussi-tôt plusieurs hommes qui venoient à lui en con-
duisant deux brigands enchaînés,
Piétra à leur suite, le sabre à
la main.

Morgan s'adresse à ceux qui
sont survenus. Vous avez délivré
la terre de ce ramas de scélérats qui en infestoient la surface ;
mais c'est à cet intrépide jeune
homme qu'étoit réservé l'honneur
d'abattre leur chef. A Alfred: votre
surprise augmente ; sachez donc
que ni moi, ni ces six hommes,

nous ne sommes point des brigands. Révolté des vols, des meurtres nombreux commis par cette troupe d'assassins, dont on n'avoit pu saisir la trace, j'ai résolu, moi, d'en purger le pays. C'est de l'aveu des magistrats que j'ai tenté l'entreprise : autorisé par eux à user, pour les détruire, de tous les moyens que me suggéreroit mon zèle, je suis parvenu sous ce déguisement à les joindre, à m'introduire parmi eux, et sur tout à gagner la confiance de leur chef. Avant de rien entreprendre, j'ai voulu tirer de lui le secret de ses nombreux complices ; car il en avoit par-tout : je les connois ; demain ils seront tous sous la puissance de la loi. Hier j'ai

L 3

amené, comme une recrue de scélérats, dignes de la roue, ces six
braves, d'une probité et d'une in-
trépidité à toute épreuve. Notre
dessein étoit d'attendre l'occasion
de frapper ces brigands, et de les
immoler avec sécurité : aujour-
'd'hui elle s'est présentée ; tombés
ivres morts, à la suite d'une orgie
et par la violence du rhum qu'ils
ont bu avec une avidité qui tenoit
de la fureur, nous n'avons pas
eu de peine à les faire passer de
l'ivresse au trépas.

Ils sont tous morts, demanda
Alfred ? Tous, lui répondit Morgan, excepté ces deux chefs qui
résistoient encore à la force des
liqueurs qu'ils ont bu, et que
nous amenons pour que leur sup-

plice serve d'exemple à leurs pa-
reils.

O Providence, s'écrièrent Alfred et Maltide ! Morgan continua : Ces brigands ont tenté cette
nuit d'enlever un riche convoi,
destiné pour l'armée ; c'est moi
qui ai fait manquer l'expédition ;
les conducteurs n'auroient pu résister sans le secours de ces braves
et moi, aux vigoureuses attaques
des scélérats exercés à l'art de
combattre.

Alfred et Maltide ne savoient
comment exprimer leur recon-
noissance du service que le généreux inconnu venoit de leur
rendre. Il leur proposa encore de
leur servir d'escorte jusqu'au pro-
chain village. Nos voyageurs cé-

dèrent à cette offre obligeante, et se disposèrent à sortir de cet endroit, qui, pendant long-temps, avoit été l'asyle de ces grands criminels.

Le long de la route, Alfred demanda à Piétra, si, pendant l'action, il avoit bien secondé ces braves gens.

Je vous en réponds, monsieur, de la pointe d'un rocher où je m'étois porté, je les encourageois.

De la voix, lui dit Alfred.

Non, des yeux et du geste, lui répond Piétra.

A cette réponse, Alfred sourit et lui dit que cet exploit étoit digne de son courage.

Les ombres de la nuit avoient couvert la terre depuis long-temps, quand ils arrivèrent au village où ils devoient passer la nuit. Ils descendirent à la première hôtellerie; une voiture se trouvoit arrêtée devant la porte; il en descendoit une dame. Quelle surprise pour Alfred, en reconnoissant sa tante : lui et son épouse volent dans ses bras, la comblent de caresses, et brûlent de lui raconter leurs aventures : la tante, à son tour, étoit impatiente de leur déclarer le motif de son voyage.

S'étant retirés tous trois dans une chambre particulière, Alfred fit à sa tante la description des dangers qu'ils venoient de courir : elle frémit à ce tableau ; mais se remettant tout-à-fait de sa terreur, elle prit un visage plus serein et plus joyeux.

Mes enfans, dit-elle à son neveu
et à sa nièce, vous allez être heureux pour toujours ; je vais vous
annoncer des nouvelles qui vous
surprendront. La première et la
plus précieuse, est celle que je
vous ai réconciliés avec le comte
d'Urbany, qui consent à votre
union. Il seroit trop long de vous
raconter tout ce que j'ai pu mettre
en usage pour le fléchir ; vous l'ap-
prendrez de sa propre bouche.
Vous saurez pour seconde nouvelle, que la marquise de Césaldy
a été oppressée d'une maladie subite qui l'a menée en peu de
jours au tombeau : elle est morte.
Son fils, que vous aviez blessé,
n'a point encouru les mêmes ris-
ques de sa mère ; il est remis totalement de sa blessure, peu dau-

gereuse. Ainsi, mes enfans, vous
n'avez plus rien à redouter. Je
m'étois mise en route d'un côté,
pour vous retrouver, le comte en
a fait autant du sien, et c'est moi
qui ai eu ce bonheur: vous êtes
maintenant au fait de ma rencontre; allez vous reposer, et demain nous prendrons ensemble le
chemin du château.

Nos deux époux furent goûter
en paix ces charmes si desirés,
le repos et le sommeil. Le jour parut, ils furent prendre congé de
leurs libérateurs, leur prodiguè-
rent les remercîmens les plus affec-
tueux, et se joignant à leur sensible
tante, ils montèrent en voiture et
arrivèrent sous peu au château.
Maltide fut comblée de caresses et
d'amitiés par les bons paysans qui

l'habitoient; ils pleuroient de joie de voir leur jeune maîtresse heureuse.

Le comte d'Urbany et Césaldy, qui étoient à la recherche de Maltide et d'Alfred, ne tardèrent pas à apprendre leur retour au château; on les vit eux-mêmes y revenir bientôt ; le comte embrassa ses enfans : Césaldy , à qui Alfred avoit donné une correction utile , se lièrent ensemble et devinrent aussi bons amis par la suite que s'ils n'avoient jamais été rivaux. Le château d'Urbany devint, depuis cette époque, le séjour paisible de l'amour et de l'amitié.

FIN.

De l'Imprimerie de GLISAU, rue du Foin-Saint-Jacques, n.° 265.

glais et de l'espagnol, par Pagès; 2 vol. *in*-12, fig. 3 l.

SANCTA-MARIA, ou la Grossesse mystérieuse, traduit de l'anglais de Fox, par Mme. Dufrenoy; 2 vol. *in*-12, jolies fig. 3 l.

THÉODORE CYPHON, et le Juif bienfaisant, par George Walker, auteur de Cinthélia, traduit par Lebas; 2 vol. *in*-12, fig. 3 l.

LES DANGERS DE L'INTRIGUE, par J. de Lavallée, auteur du Nègre comme il y a peu de Blancs, de Cécile, fille d'Achmet III, etc.; 4 vol. *in*-12, fig. 6 l.

JULIÉRI, ou le Triomphe de la Vérité sur l'Erreur; 2 vol. *in*-12, fig. 3 l.

ANTOINE, ou le Crime et le Remords, par le cit. P. L. Lebas; 2 vol. *in*-12, fig. 3 l.

EMILIE et ALPHONSE, ou le Danger de se livrer à ses premières

www.ingramcontent.com/pod-product-compliance
Lightning Source LLC
Chambersburg PA
CBHW070802280626
47162CB00016B/1598